Gracias y buenas noches

Patrick McDonnell

OCEANO travesía

GRACIAS Y BUENAS NOCHES

Título original: *Thank You and Goodnight*

© 2015 Patrick McDonnell
© 2015 Patrick McDonnell (arte de portada)
© 2015 HachetteBook Group, Inc. (portada)

Esta edición se ha publicado según acuerdo con Little,
Brown and Company, Nueva York, Nueva York, Estados Unidos.

Traducción: Laura Lecuona

Diseño de portada: Jeff Schulz/Menagerie Co.

D.R. © Editorial Océano, S.L.
Milanesat 21-23, Edificio Océano
08017 Barcelona, España
www.oceano.com

D.R. © Editorial Océano de México, S.A. de C.V.
Eugenio Sue 55, Polanco Chapultepec
Miguel Hidalgo, 11560, Ciudad de México
www.oceano.mx
www.oceanotravesia.mx

Primera edición: 2017

ISBN: 978-607-527-088-3
Depósito legal: B 7495-2017

IMPRESO EN ESPAÑA / *PRINTED IN SPAIN*

9004275010317

Se puso el sol,
salió la luna,

y Marga ayudó a Clemente
a abrocharse su pijama favorita:
la de rayas azules y blancas.

—¡Ya llegamos! —anunciaron Juan

y su amigo Aldo Alejandro.

La pijama de Juan tenía pies.

La pijama de Aldo estaba un poco grande.

–¡Sorpresa! –dijo Marga.

–¡Yupi! –gritó Juan.

–¡Hurra! –festejó Clemente.

–¡Uy! –se lamentó Aldo.

—¿Y ahora qué? —dijo Juan.

—¿Ya es hora de irse a la cama? —preguntó Clemente.

—No —aseguró Aldo.

Aldo les enseñó el baile de la gallina.

Clemente ganó el concurso de caras chistosas.

Los tres amigos jugaron a las escondidillas

una y otra vez.

—¿Ya es hora de irse a la cama? —preguntó Clemente.

—No, no, no —respondió Aldo.

Aventaron el globo de aquí para allá,

hicieron yoga…

... y merendaron alguna cosita.

Observaron el cielo nocturno,
vieron una estrella fugaz

y pidieron un deseo.

Un ruiseñor cantó una canción de cuna.

—Duerme ya,
dulce bien,
dulces sueños tendrás.

–Vaya, me está dando sueño –suspiró Juan.

–Vaya, me está dando más sueño –farfulló Aldo.

–Vaya, yo ya me dormí –bostezó Clemente.

—¿Ahora sí ya es hora de irse a la cama?

—preguntaron todos en voz baja.

—Sí —dijo Marga.

Todos se alistaron.

Caminaron sonámbulos por el pasillo…

... y se acurrucaron bajo las cobijas.

—¿Nos cuentas un cuento? —pidieron.

–Había una vez… –empezó Marga.

–¡Ah, ése es muy bueno! –exclamó Aldo Alejandro.

–Shh –susurró Clemente.

Marga les leyó sus cuentos favoritos

de antes de dormir:

cuentos sobre un elefante majestuoso,
un oso valiente
y un conejo tranquilo…

Cuentos para soñar con los angelitos.

—Pero antes de dormirnos vamos a decir
de qué damos gracias este día.

El globo rojo,
el sol, la luna,
el ruiseñor cantando
canciones de cuna.
Jugar con amigos,
correr, esconderme,
pedirle a la estrella
que eso dure siempre.
Pijama de franela,
una fiesta sorpresa.
Cuentos nocturnos
de ayer y de hoy,
que tú a nosotros
nos lees con amor.

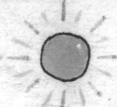

Una lista larga, larga
de esto y aquello,
que termina con un beso
de las buenas noches.

–Gracias.

–Gracias.

–Gracias.

Y buenas noches.